甲午仲夏刊行

巾箱本叢書

第一輯

清改琦紅樓夢人物圖詠　清道光結鐵網齋藏版納蘭詞　百川學海本茶經　明萬曆吳勉學刻本楚辭　清光緒寶書堂板三字經　續古逸叢書本六韜三略

崇賢館鐫

崇賢館

巾箱本納蘭詞依清道光壬辰年結鐵網齋刻本影印。彙諸家所錄分體編輯，美矣，備矣，讀者無遺憾矣。

道光壬辰七月

納蘭詞

結鐵網齋藏版

序

汪子珊漁輯納蘭氏詞竟問序於余余受而讀之曰異哉汪子之用心也納蘭詞其必傳於後無疑不待言竊怪諸君子先後所刋無彙其全者何也嘗論文章一道其可致不朽者求諸已而已而亦不能無待於後賢古人著述散佚多矣不得有心人愛護之則等諸飄風過耳草木華落已爾即有愛護之者出之鼠嚙叢殘存什一於千百取太山一石酌海水一杯而曰太山與海之奇觀在是吾不信也幸矣捜羅勤矣或聞見有限未竟厥美讀者猶有遺憾宋人樂府如石帚玉田最爲卓卓

得陶南村手錄本而所作始備吾不知南村得善本而錄之邪抑亦捜羅之不遺餘力始編此集邪今珊漁於飲水側帽諸刋外彙諸家所錄分體編輯美矣備矣讀者無遺憾矣珊漁方偕其兄子泉輯婁東詞派斷章殘簡靡不兼收以繼靜厓宫庶詩派之選蓋好古而篤且以顯微闡幽爲已任異哉汪子之用心也如謂珊漁詞騷情雅骨悱惻芬芳髣髴納蘭氏以似已者而好之則又淺之乎言珊漁矣是爲序

道光壬辰三月下澣同里周僖書於吳門寓齋

跋

余自束髮稍解四聲即好倚聲之學小令好南唐主慢詞好玉田生以能移我情不知其一往而深也　國初才人輩出秀水以高逸勝陽羨以豪宕勝均出入南北兩宋間同時納蘭容若先生則獨爲南唐主玉田生嗣響徐韓兩尚書碑誌稱先生有文武才所著恆於射飛逐走之暇得之　四庫全書收有合訂删補大易集成粹言八十卷陳氏禮記集說補正三十八卷詩餘特餘事耳已超入古作者之室如此顧易禮二編未見刊本即詩古文亦流傳者少所共知者詞而又罕覩其全讀

者恨之余弟仲安從王丈少仙假得先生側帽詞好之篤故其筆墨間有近之者曾賓之趙丈艮甫丈賞爲納蘭再世仲安未敢當也余因謂之曰古人於所好得似者而喜矣况其眞乎納蘭詞之散見於他選者誠摟而輯之以子之好公之海內吾知海內必爭先覩爲快仲安乃因顧梁汾原輯本及楊蓉裳抄本袁蘭邨刊本昭代詞選名家詞鈔詞滙詞綜詞雅草堂嗣響亦園詞選等書彙鈔得二百七十餘闋其前後之次則按體編之字句異同悉加註明并采詞評詞話錄於卷首夫納蘭氏異時必有全集彙刊並朱陳二集以傳茲特嘉仲

載無有顧而問者昨婁東友人寓書來索是集今吾子又借觀豈此書將復顯於世耶因出其書流覽一過余心知珊漁之先購是書欣幸無極故向桐橋爭購之而桐橋以有成約堅靳弗與一噱而罷按集中所刻詞四卷共三百四闋首尾完善蓋至是始得全豹焉其所著詩賦經解雜識皆可觀然不逮詞遠甚因寓書珊漁校勘原本全刻之納蘭氏生前得梁汾輩爲之羽翼身後得珊漁輩爲之表章斯人一生幽怨芳芬之致可以不泯人間矣余嘗登惠山之陰有貫華閣者在羣松亂石間遠絕塵軌容若扈從南來時嘗與迦陵梁汾蓀友信

宿其處舊藏容若繪像及所書貫華閣額近燬於火爲可惜也因序其詞并記於此以爲異日詞家掌故云

道光壬辰長夏震澤趙函序於娜如山館

後跋

元治輯納蘭詞四卷伯兄跋之詳矣剞劂告竣將次刷印復於吳門彭丈桐橋處得通志堂全集共二十卷內詞四卷計三百四闋叅互詳考所遺有四十六闋爰即補刊於後編爲卷五而元治所輯亦有一十九闋爲全集所未載殆當時失傳故耳今彙得三百二十三闋可稱大備無遺憾矣復跋數語以志深幸云

道光壬辰秋七月既望汪元治書於結鐵網齋

原序

非文人不能多情非才子不能善怨騷雅之作怨而能善惟其情之所鍾爲獨多也容若天資超逸翛然塵外所爲樂府小令婉麗淒清使讀者哀樂不知所主如聽中宵梵唄先悽惋而後喜悅定其前身此豈尋常文人所得到者昔汾水秋雁之篇三郎擊節謂巨山爲才子紅豆相思豈必生南國哉蓀友謂余盍取其詞盡付剞劂因與吳君薗次共爲訂定俾流傳於世云同學顧貞觀識時康熙戊午又三月上巳書於吳趨客舍

一編側帽旗亭競拜雙鬟千里交襟樂部唯推隻手吟哦送日巳教刻徧琅玕把玩忘年行且裝之玳瑁矣邇因梁汾顧子高懷遠詣停雲再得容若成君新製仍名飲水披函畫讀吐異氣於龍賓和墨晨書綴靈葩於虎僕香非蘭茝經三日而難名色似蒲桃雜五紋而奚辨漢宮金粉不增飛燕之妍洛水煙波難寫驚鴻之麗蓋進而益密冷暖祇在自知而聞者咸歔哀樂渾忘所主誰能爲是輒喚奈何則以成子妻本神仙雖無妨於富貴而身遊廊廟恒自託於江湖故語必超超言皆奕奕水非可畫得字成瀾花本無言聞聲若笑時時夜月鏡照眼而益以照心處處斜陽簾隔形而不能隔影才由

骨俊疑前身或是靑蓮思自胎深想竟體俱成紅豆也
嗟乎非慧男子不能善愁唯古詩人乃云可怨公言性
吾獨言情多讀書必先讀曲江南腸斷之句解唱者唯
賀方回堂東彈淚之詩能言者必李商隱耳薗次吳綺
序於林蕙堂

倚聲之學唯
國朝爲盛文人才子磊落間起詞壇月旦咸推朱陳二
家爲最同時能與之角立者其惟成容若先生乎陳詞
天才豔發辭鋒橫溢蓋出入北宋歐蘇諸大家朱詞高
秀超詣綺密精嚴則又與南宋白石諸家爲近而先生

之詞則眞花間也今所傳湖海樓詞多至千八百闋曝
書亭詞亦不下六百餘闋先生所著飮水詞僅百餘闋
耳然花間逸格原以少許勝人多許握蘭一卷陽春數
章散翠零璣均可寶也先生貂珥朱輪生長華膴其詞
則哀怨騷屑類憔悴失職者之所爲蓋其三生慧業不
耐浮塵寄思無端抑鬱不釋韻澹疑仙思幽近鬼年之
不永卽兆於斯嘗謂桃葉團扇豔而不悲防露桑間悲
而不雅詞殆兼之洵極詣矣或者謂高門貴冑未必眞
嗜風雅或當時貢諛者代爲操觚耳今其詞具在騷情
古調俠腸儁骨隱隱奕奕流露於豪楮間斯豈他人所

能摹擬乎且先生所與交遊皆詞場名宿刻羽調商人人有集亦正少此一種筆墨也嗟乎蛾眉謠諑沒世猶然眞賞難逢爲可歎息余向欲以朱陳二家詞合先生所著爲三家詞選顧力有未暇先手鈔此本藏之篋笥凄風暗雨凉月三星曼聲長吟輒復魂銷心死聲音感人一至此乎先生有知其以余爲隔世之知巳否也時

嘉慶丁巳夏五梁溪楊芳燦蓉裳氏序

詞評

陳其年維崧曰飲水詞哀感頑豔得南唐二主之遺

顧梁汾貞觀曰容若詞一種悽惋處令人不能卒讀人言愁我始欲愁

丁葯園澎曰容若填詞有飲水側帽二本大約於尊前馬上得之讀之如名葩美錦郁然而新又如太液波澄明星皎潔宋初周待制領大晟樂府比切聲調十二律柳屯田增至二百餘闋然亦有昧於音節如蘇長公猶不免鐵綽板之譏今容若以侍衛能文少年科第間爲詩餘其工於律呂如此惜乎不能永年悲夫

聶晉人先曰容若爲相國才子少工填詞香艷中更覺淸新婉麗處又極俊逸眞所謂筆花四照一字動移不得者也惜乎早赴修文人皆惋惜所謂天雨粟鬼夜哭果有之耶

詞話

側帽詞西郊馮氏園看海棠浣紗溪云誰道飄零不可憐舊遊時節好花天斷腸人去自今年一片暈紅疑著雨晚風吹掠鬢雲偏倩魂銷盡夕陽前蓋憶香嚴詞有感作也王儼齋以爲柔情一縷能令九轉腸迴雖山抹微雲君不能道也 徐釚詞苑叢譚

金粟顧梁汾舍人風神俊朗大似過江人物無錫嚴蓀友詩曈曈曉日鳳城開才是仙郎下直回絳蠟未銷封詔罷滿身清露落宮槐其標格如許畫側帽投壺圖長白成容若題賀新凉一闋於上云德也狂生耳偶然間

緇塵京國烏衣門第有酒惟澆趙州土誰會成生此意不信道遂成知已青眼高歌俱未老向尊前拭盡英雄淚君不見月如水共君此夜須沉醉且由他蛾眉謠諑古今同忌身世悠悠何足問冷笑置之而已尋思起從頭翻悔一日心期千劫在後身緣恐結他生裏然諾重君須記詞旨嶔崎磊落不啻坡老稼軒都下競相傳寫於是教坊歌曲間無不知有側帽詞者 同上

吳漢槎兆騫戍寗古塔行笥攜徐電發釚菊莊詞成容若德側帽詞顧梁汾貞觀彈指詞三冊會朝鮮使臣仇元吉徐良崎見之以一金餅購去元吉題菊莊詞云中

朝買得菊莊詞讀罷煙霞照海湄北宋風流何處是一聲鐵笛起相思良崎題側帽彈指二詞云使車昨渡海東邊攜得新詞二妙傳誰料曉風殘月後而今重見柳屯田以高麗紙書之寄來中國漁洋續集有新傳春雪咏蠻徼織弓衣指此 阮葵生茶餘客話

歲丙辰容若年二十二乃一見卽恨識余之晚閱數日塡此曲爲余題照極感其意而私訝他生再結語殊不祥何意竟爲乙丑五月之讖也傷哉 顧貞觀彈指詞書贈詞後

康熙初吳漢槎兆騫謫戍寗古塔其友顧貞觀華峯館於納蘭太傅家寄吳金縷曲云云太傅之子成容若見之泣曰河梁生別之詩山陽死友之傳得此而三此事三千六百日中我當以身任之華峯曰人壽幾何公子乃以十載爲期邪太傅聞之竟爲道地而漢槎生入玉門關矣顧生名永者咏其事云金蘭儻使無良友關塞終當老健兒一說華峯之救吳季子也太傅方宴客手巨觥謂曰若飲滿爲救漢槎華峯素不飲至是一吸而盡太傅笑曰余直戲耳卽不飲余豈不救漢槎邪雖然何其壯也嗚呼公子能文良朋愛友太傅憐才眞一時佳話 袁枚隨園詩話

納蘭詞目錄

卷一

憶江南 一闋　赤棗子 一闋
憶王孫 一闋　玉連環影 一闋
遐方怨 一闋　訴衷情 一闋
如夢令 三闋　天仙子 三闋
江城子 一闋　長相思 一闋
相見歡 二闋　昭君怨 二闋
酒泉子 一闋　生查子 五闋
點絳脣 四闋　浣紗溪 三十闋

霜天曉角 一闋　菩薩蠻 二十二闋
減字木蘭花 六闋　卜算子 三闋

卷二

采桑子 十三闋　謁金門 一闋
好事近 三闋　一絡索 三闋
清平樂 十闋　憶秦娥 三闋
阮郎歸 一闋　畫堂春 一闋
眼兒媚 三闋　朝中措 一闋
攤破浣紗溪 六闋　青衫溼 一闋
落花時 一闋　錦堂春 一闋

海棠春 一闋　河瀆神 二闋
太常引 二闋　四犯令 一闋
添字采桑子 一闋　荷葉盃 二闋
尋芳草 一闋　菊花新 一闋
南歌子 三闋　秋千索 三闋
憶江南 二闋　浪淘沙 七闋

卷三

雨中花 一闋　鷓鴣天 七闋
河傳 一闋　木蘭花 一闋
虞美人 八闋　鵲橋仙 三闋

南鄉子 五闋　一斛珠 一闋
紅窗月 一闋　踏莎行 二闋
臨江仙 十闋　蝶戀花 八闋
唐多令 三闋　踏莎美人 一闋
蘇幕遮 二闋　淡黃柳 一闋
青玉案 二闋　月上海棠 二闋
一叢花 一闋　金人捧露盤 一闋
洞仙歌 一闋　翦湘雲 一闋
東風齊著力 一闋　滿江紅 三闋
滿庭芳 二闋

卷四

水調歌頭 二闋　鳳皇臺上憶吹簫 二闋
金菊對芙蓉 一闋　琵琶仙 一闋
御帶花 一闋　念奴嬌 四闋
東風第一枝 一闋　秋水 一闋
木蘭花慢 一闋　水龍吟 二闋
齊天樂 三闋　瑞鶴仙 一闋
雨零鈴 一闋　疎影 一闋
瀟湘雨 一闋　風流子 一闋
沁園春 三闋　金縷曲 九闋
摸魚兒 二闋　青衫溼 一闋
憶桃源慢 一闋　湘靈鼓瑟 一闋
大酺 一闋

卷五

憶王孫 二闋　調笑令 一闋
憶江南 十一闋　點絳脣 一闋
浣紗溪 六闋　菩薩蠻 三闋
采桑子 四闋　清平樂 一闋
眼兒媚 三闋　滿宮花 一闋
少年遊 一闋　浪淘沙 二闋

納蘭詞目錄終

納蘭詞卷一

長白納蘭成德容若著　鎮洋汪元治仲安編輯

憶江南

昏鴉盡小立恨因誰急雪乍翻香閣絮輕風吹到膽瓶梅心字已成灰

赤棗子

驚曉漏護春眠格外嬌慵只（一作止誤）自憐寄語釀花風日好綠窗來與上琴絃

憶王孫

西風一夜翦芭蕉倦眼經秋耐寂寥強把心情付濁醪讀離騷愁似湘江日夜潮

玉連環影

按此調譜律不載或亦自度曲

何處幾葉蕭蕭雨溼盡簷花花底人無語掩屏山玉爐寒誰見兩眉愁聚倚闌干

遐方怨

欹角枕掩紅窗夢到江南伊家博山沉水香湔裙歸晚坐思量輕煙籠翠黛月茫茫

訴衷情

冷落繡衾誰與伴倚香篝春睡起斜日照梳頭欲寫兩

肩愁休休遠山殘翠收莫登樓

如夢令

正是轆轤金井滿砌落花紅冷驀地一相逢心事眼波難定誰省誰省從此簟紋鐙影

又

纖月黃昏庭院語密翻教醉淺知否那人心舊恨新歡相半誰見誰見珊枕淚痕紅泫

又

木葉紛紛（一作黃葉青苔）歸路殘月曉風（一作爛粉衣香）何處消息半（一作竟）浮（一作沉）沉今夜相思幾許秋雨秋雨一半西（一作因）

風吹去

天仙子

夢裏蘼蕪青一翦玉郎經歲音書斷（一作遠）暗鐘明月不歸來梁上燕輕羅扇好風又落桃花片

又

好在軟綃紅淚積漏痕斜罥菱絲碧古釵封寄玉關秋天（一作水）咫尺人南北不信鴛鴦頭不白

又

水浴涼蟾風入袂魚鱗觸損金波碎好天良夜酒盈樽心自醉愁難睡西南月落城烏起

江城子

溼雲全壓數峯低影淒迷望中疑非霧非煙神女欲來時若問生涯原是夢除夢裏沒人知

長相思

山一程水一程身向榆關那畔行夜深千帳鐙　風一更雪一更聒碎鄉心夢不成故園無此聲

相見歡

微雲一抹遙峯冷溶溶恰與箇人清曉畫眉同　紅蠟淚青綾被水沈濃卻與黃茅野店聽西風

又

落花如夢淒迷麝煙微又是夕陽潛下小樓西　愁無限消瘦盡有誰知閒教玉籠鸚鵡念郎詩

昭君怨

深禁好春誰惜薄暮瑤階佇立別院管絃聲不分明又是梨花欲謝繡被春寒今夜寂寂鎖朱門夢承恩

又

幕雨絲絲吹溼倦柳愁荷風急瘦骨不禁秋總成愁別有心情怎說未是訴愁時節譙鼓已三更夢須成

酒泉子

謝卻荼蘼一片月明如水篆香消猶未睡早鴉啼　嫩

又

對月

一種蛾眉下弦不似初弦好庾郎未老何事傷心早素壁斜輝竹影横窗埽空房悄烏啼欲曉又下西樓了

又

黄花城早望

五夜光寒照來積雪平于棧西風何限自起披衣看對此茫茫不覺成長歎何時旦曉星欲散飛起平沙雁

又

小院新凉晚來頓覺羅衫薄不成孤酌形影空酬酢蕭寺憐君别緒應蕭索西風惡夕陽吹角一陣槐花落

浣紗溪

淚浥紅箋第幾行喚人嬌鳥怕開窗那更（一作能）閒過好時光　屏障厭看金碧畫（一作盡誤）羅衣不奈水沉香徧翻眉譜只尋常

又

伏雨朝寒愁不勝那能還傍杏花行去年高摘鬭輕盈漫惹爐煙雙袖紫空將酒暈一衫青人間何處問多情

又